Mori, Tuyosi
　　　Sócrates y los tres cochinitos / Tuyosi Mori ; trad. de Juan Manuel
Ruisánchez ; ilus. de Mitsumasa Anno. – México : FCE, 2005
　　　44 p. : ilus. ; 26 x 22 cm – (Colec. Los Especiales de Ciencia)
　　　Título original Anno's Three Little Pigs
　　　ISBN 968-16-7387-5

　　　1. Literatura infantil I. Ruisánchez, Juan Manuel, tr. II. Anno,
Mitsumasa, il. III. Ser IV. t

LC PZ7 Dewey 808.068 M449s

Primera edición en inglés: 1985
Primera edición en español: 2005

Título original: *Anno's Three Little Pigs*
Traducción: Juan Manuel Ruisánchez

Texto © 1985, Tuyosi Mori
Ilustraciones © 1985, Mitsumasa Anno
Publicado por primera vez en 1985 en Japón bajo el título de *Sanbiki No Kobuta* por Dowaya
Publishers. Derechos de traducción al español por convenio con Dowaya Publishers a través de
Japan Foreign-Rights Centre.

D.R. © 2005, Fondo de Cultura Económica
Av. Picacho-Ajusco 227
14200, México, D.F.

Editora: Miriam Martínez
Coordinación: Marisol Ruiz Monter
Cuidado editorial: Obsidiana Granados Herrera
Tipografía: Eliete Martín del Campo y Ariadna Laguna

www.fondodeculturaeconomica.com

ISBN 968-16-7387-5

Impreso en México / *Printed in Mexico*

Tiraje: 7 000 ejemplares

SÓCRATES
Y LOS
TRES COCHINITOS

Texto de **Tuyosi Mori**
Ilustraciones de **Mitsumasa Anno**

LOS ESPECIALES DE
Ciencia

FONDO DE CULTURA ECONÓMICA

Había una vez 3 cochinitos. Sócrates, el lobo, con frecuencia los veía jugar en el campo, cerca de su guarida. "¡Qué felices se ven!" —pensaba.

Sócrates era filósofo y pasaba mucho tiempo pensando y discutiendo con su amigo Pitágoras, la rana, sobre temas como la felicidad. De tanto pensar y discutir, Sócrates se había puesto muy flaco.

Pero Jantipa, su esposa, que era más bien regordeta, no tenía paciencia para pensar, pues siempre estaba hambrienta y eso la ponía de muy mal humor. Entonces jalaba una cuerda que tenía amarrada a la cola de Sócrates y le preguntaba: "¿A qué hora comemos?"

Sócrates seguía pensando en los alegres cochinitos,

aunque sabía que debía pensar en la cena de Jantipa.

De pronto, tuvo una idea: ¡Quizás podría atrapar a 1 de los 3 cochinitos
para su cena!

En la pradera donde vivían los 3 cochinitos había 5 casas.

Ya era de noche y los 3 estarían en su cama.

—Sería mejor si atraparas a un cochinito solo —le aconsejó Pitágoras.

Pero, ¿en qué casa tendría que buscar Sócrates?

—Hay 3 cochinitos y 5 casas —dijo Sócrates—. Tendré que analizar el problema de una manera ordenada. Pensemos en el primer cochinito:

Podría estar aquí,

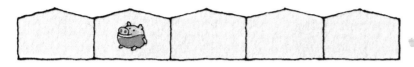

o aquí,

o aquí,

o aquí,

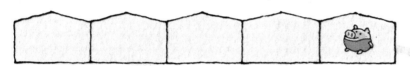

o, incluso aquí.

Hay 5 posibles lugares en los que podría estar...

6

Ahora, pensemos en el segundo cochinito:

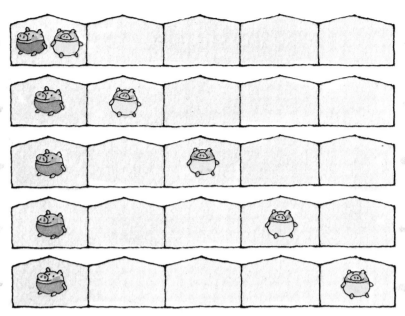

También hay 5 posibles lugares en los que podría estar.

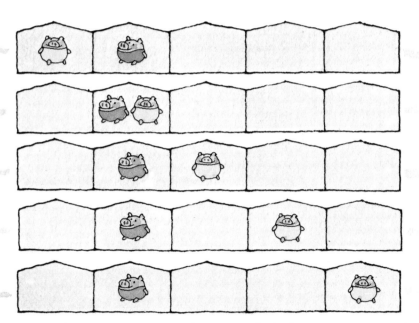

Pero, al parecer, aquí también puede haber otros acomodos.

7

Pero además tenemos al tercer cochinito, que también puede estar en 5 lugares posibles. Esto se está volviendo muy confuso...

Por suerte, Pitágoras, la rana, era matemático. Era muy bueno para eso de los números.

—Míralo de este modo—le dijo a Sócrates—. Aquí tienes un árbol con 5 ramas gruesas, que son como las 5 posibles casas en las que puede estar el primer cochinito. Al final de cada rama gruesa, hay 5 ramas delgadas, que representan las 5 posibles casas en las que puede estar el segundo cochinito. Las 5 varas son las 5 opciones que tiene el tercer cochinito. Hay entonces 5 por 5 por 5 posibilidades, ¿lo ves?

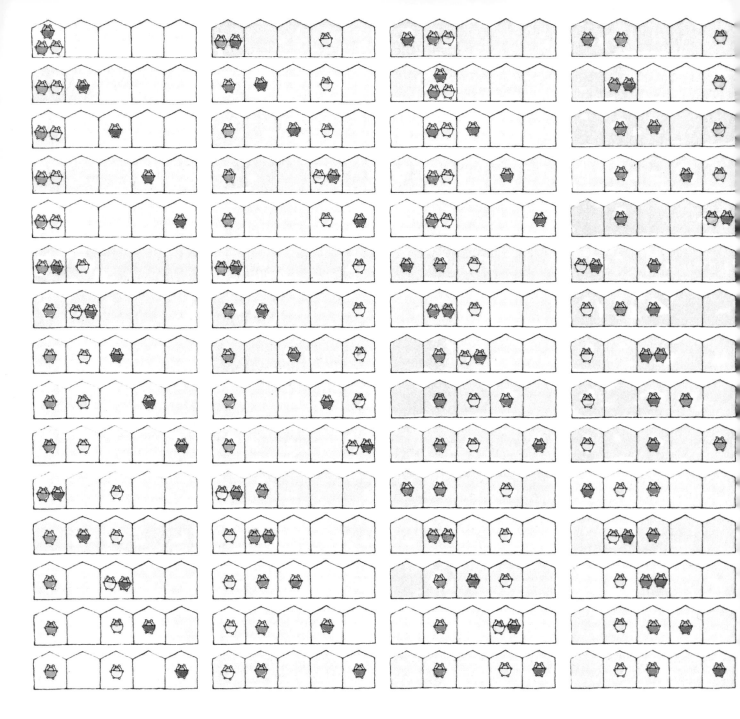

¡Eso significa 125 opciones! Sócrates estaba sorprendido pues no se había dado cuenta de que hubiera tantas. ¿Dónde debía empezar?

—Creo que dibujaré todas las posibilidades y así veré qué pasa. Por supuesto, resultaría mucho más fácil si no importara *qué* cochinito está en *qué lugar.*

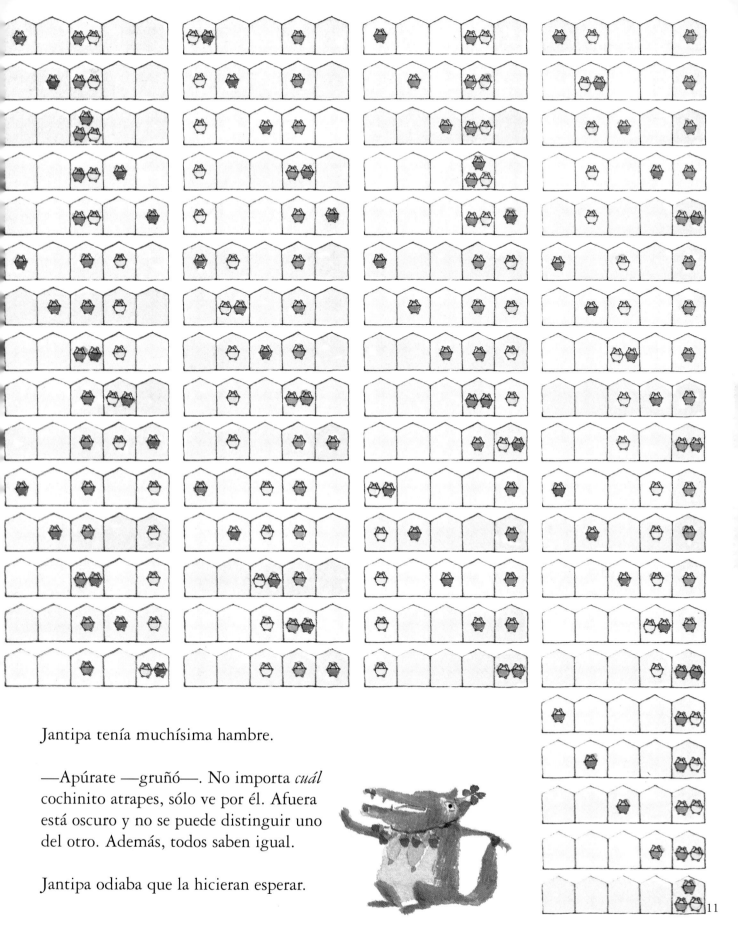

Jantipa tenía muchísima hambre.

—Apúrate —gruñó—. No importa *cuál* cochinito atrapes, sólo ve por él. Afuera está oscuro y no se puede distinguir uno del otro. Además, todos saben igual.

Jantipa odiaba que la hicieran esperar.

11

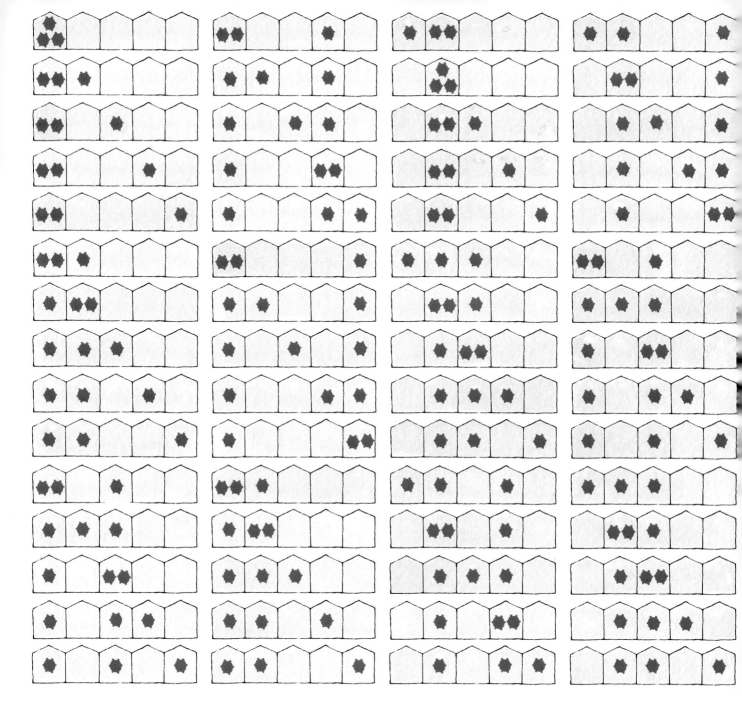

—¡Buen punto, mi querida Jantipa! Vamos a colorearlos todos de gris —dijo Sócrates—. Ahora veamos: sólo hay un patrón que se ve así ⬡⬡⬡⬡⬡, pero hay muchos que se ven así ⬡⬡⬡⬡⬡, o así ⬡⬡⬡⬡⬡. ¿Cómo podemos explicarnos esto, Pitágoras? ¿Dónde sería más probable encontrar un cochinito?

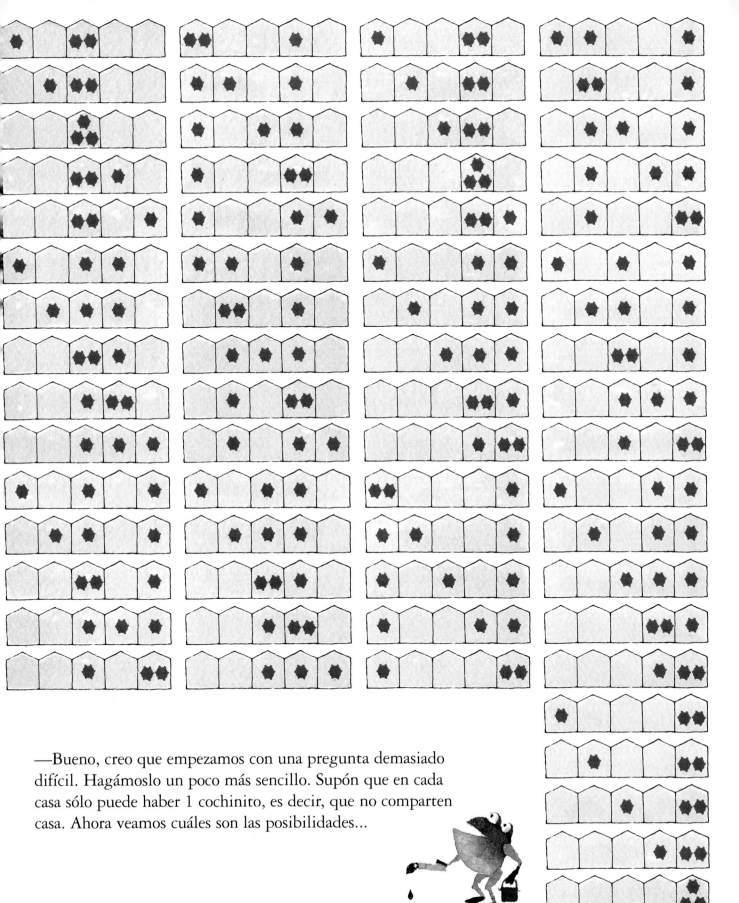

—Bueno, creo que empezamos con una pregunta demasiado difícil. Hagámoslo un poco más sencillo. Supón que en cada casa sólo puede haber 1 cochinito, es decir, que no comparten casa. Ahora veamos cuáles son las posibilidades...

13

—Bien, empecemos de nuevo con el primer cochinito. Al igual que al principio, tiene 5 opciones:

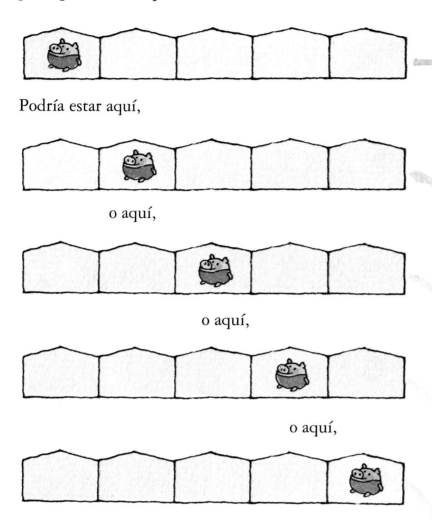

Podría estar aquí,

o aquí,

o aquí,

o aquí,

o, incluso aquí.

—Sí, pero como sólo puede haber un cochinito en cada casa, sólo quedan 4 casas de donde el segundo cochinito puede escoger.

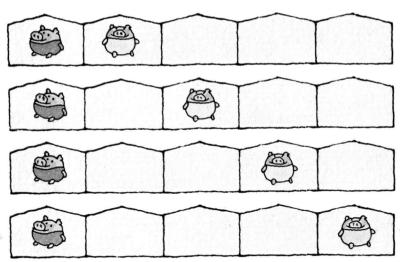

Y esto depende de dónde esté el primer cochinito.

Cuatro opciones por cada una de las 5 opciones del primer cochinito. Así que hay 4 por 5, ¡que son 20!

—Exacto, y el tercer cochinito tiene sólo 3 opciones, pero recuerda que también tiene 3 por cada uno de los otros acomodos, que eran 20. Esto sigue siendo muy difícil para mí, Pitágoras.

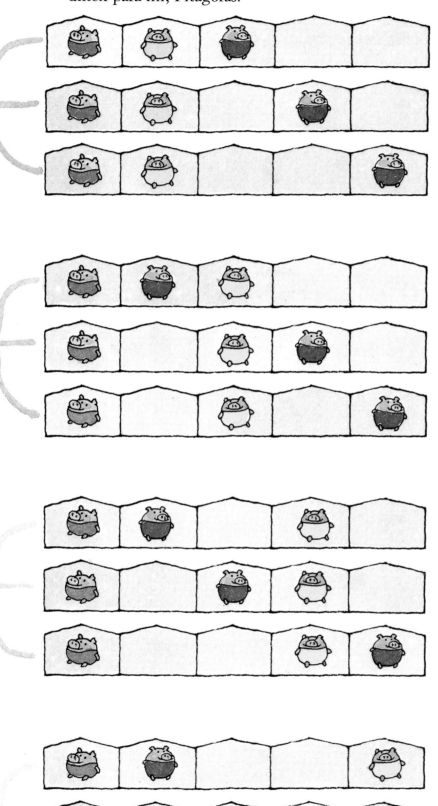

—Bueno, quizás sea más fácil si lo ves de nuevo como un árbol —dijo la rana—. Cada una de las 5 ramas gruesas corresponde a cada una de las casas en las que podría estar el primer cochinito. Luego, las 4 ramas delgadas son las casas de entre las que podría escoger el segundo cochinito. Y al final, las 3 varas son las posibles opciones para el tercer cochinito.

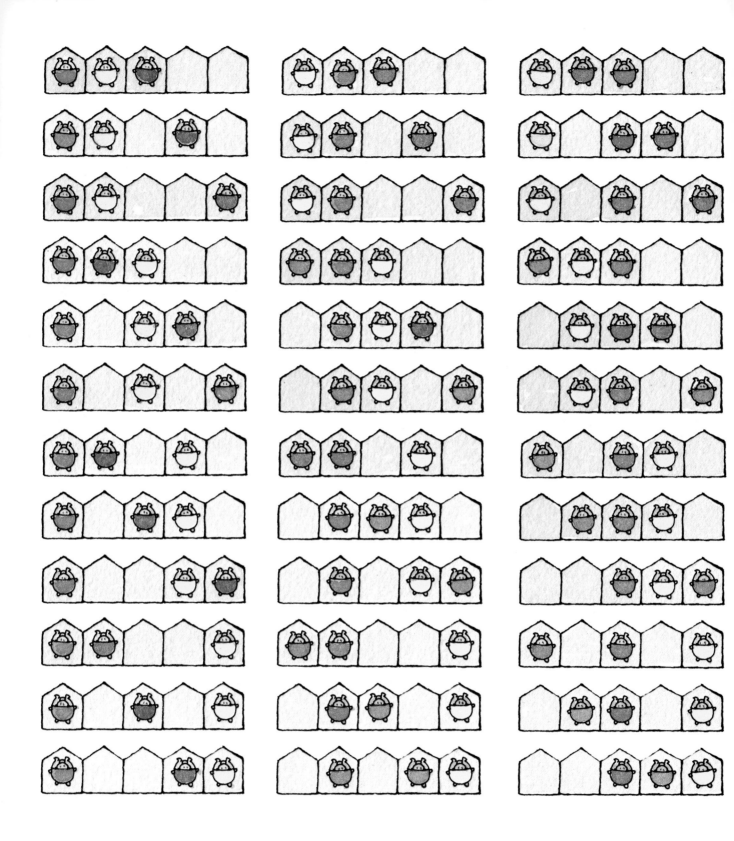

18

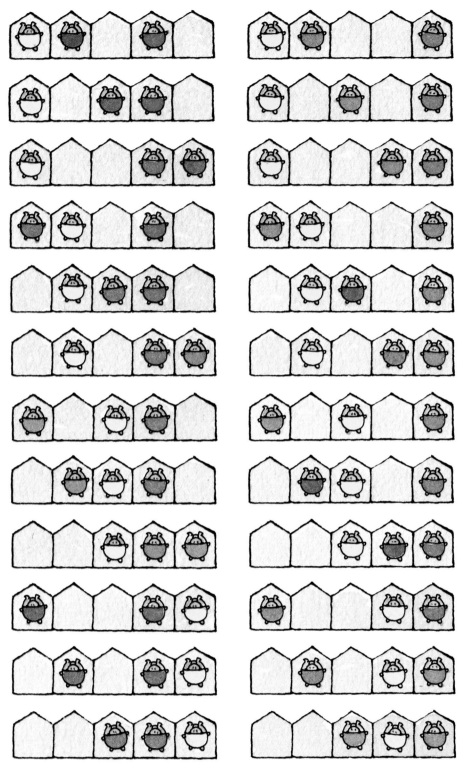

—Entonces, 5 por 4 por 3 dan 60 —dijo Sócrates—. Las dibujaré todas y las veré. Esto es mejor que 125, pero aún es difícil saber dónde está cada cochinito. ¿Qué te parece, mi querida Jantipa?

—Creo que estás perdiendo el tiempo —dijo Jantipa enfurecida—. ¿A quién le importa cuál cochinito atrapes? De todas formas todos saben igual en la oscuridad.

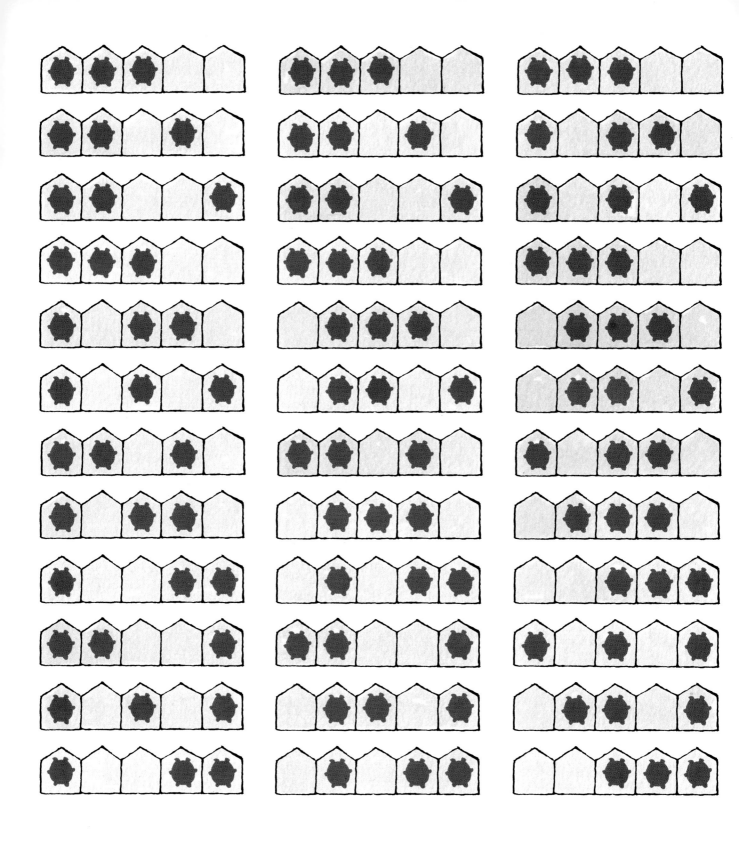

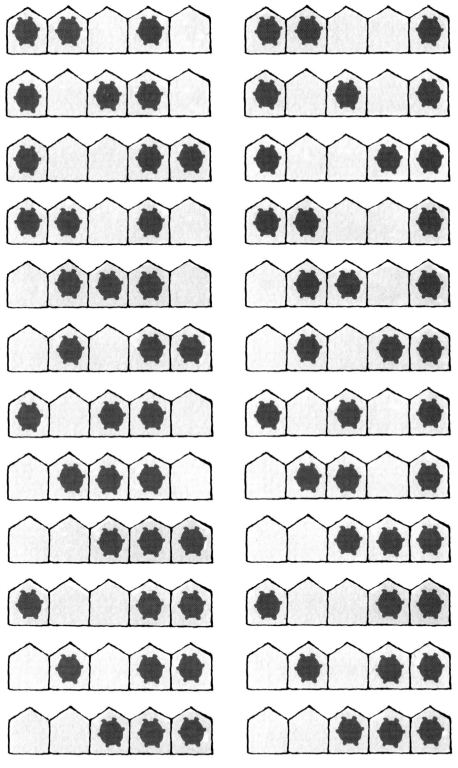

—Bueno, tal vez tengas razón. Pintemos otra vez de gris a todos los cochinitos y veamos si esto se simplifica. Mira, ahora hay 6 de cada uno de los 10 acomodos diferentes. Eso parece más sencillo. Pero, ¿por qué están divididos en grupos de 6, Pitágoras?

—Bueno, sólo piénsalo cuidadosamente. Supón que hay 3 sillas para nuestros 3 cochinitos.

—¿Sillas? Pero estábamos hablando de casas, no de sillas. ¡Oh, ya veo! En realidad no importa cómo lo llamemos, pues sólo te refieres al lugar donde *está* el cochinito. Entonces veamos dónde se podría sentar el primero:

Se podría sentar aquí,

o aquí,

o aquí.

—Bien. Y ahora tenemos 2 opciones para el segundo cochinito.

Todavía hay 6 acomodos diferentes. El tercer cochinito sólo tiene 1 posibilidad en cada ocasión.

Y aquí hay otras dos opciones.

Y aquí hay dos más.

Entonces el tercer cochinito sólo puede elegir 1 silla después de que los dos primeros cochinitos ya escogieron las suyas.

Por lo tanto, el número total de acomodos posibles es 3 por 2 por 1, o 6.

—¡Correcto!, pero ¿en realidad entiendes por qué? Déjame
enseñarte otro árbol, Sócrates. Aquí hay 3 ramas gruesas que son
las opciones para el primer cochinito, de éstas salen 2 ramitas que
representan las opciones del segundo cochinito, y de cada ramita
sale 1 hoja que es la opción para el tercer cochinito. Puedes contar
las hojas una por una y así obtendrás la misma respuesta: 6.

—¡Seis posibilidades! —gritó Jantipa—. ¡Pero si todos están coloreados de gris, todas las posibilidades son iguales!

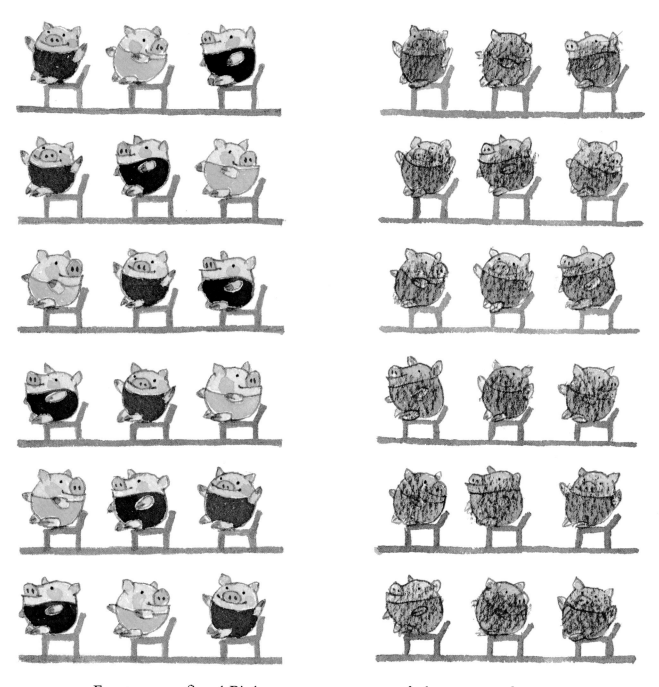

—Exacto —confirmó Pitágoras—, y eso responde la pregunta de Sócrates. (Ver página 21.)

Es por eso que cada patrón se repetía 6 veces. Si tuvieran 5 sillas donde sentarse, o 5 casas donde dormir, podrían acomodarse en más patrones diferentes, pero cada patrón se repetiría 6 veces.

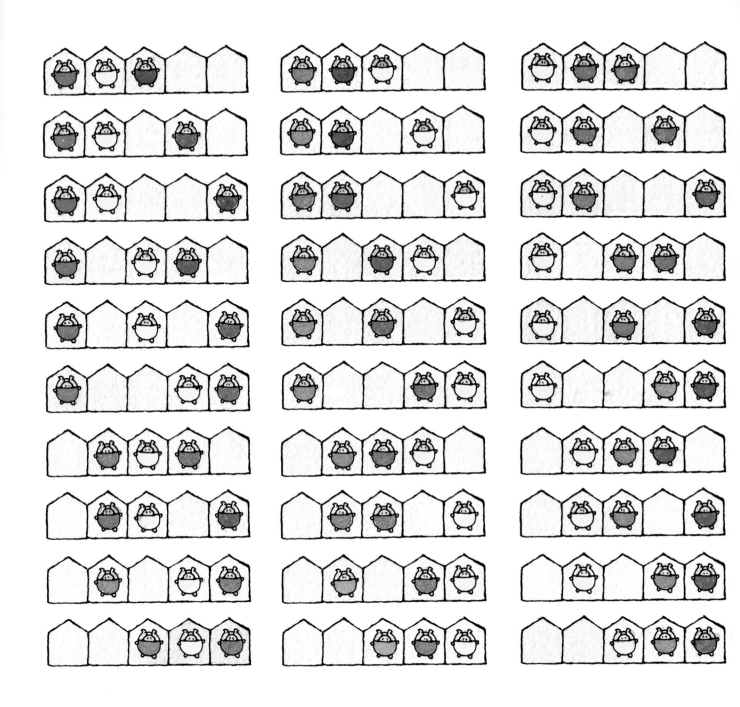

—Bueno, —dijo Sócrates—, creo que también me gustaría
ver todos *esos* acomodos de una manera ordenada. Así es como
los filósofos entendemos las cosas. Tomé los 60 acomodos de
las páginas 18 y 19, y los puse en 6 columnas...

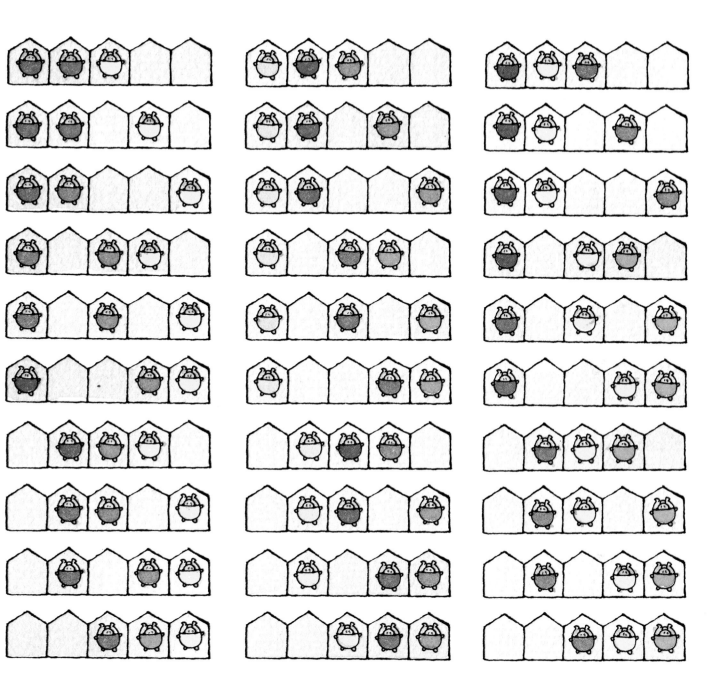

Si lees la página de *izquierda a derecha*, te darás cuenta de que los patrones son iguales. Esto si no prestas atención a los colores. Si lees cada columna de *arriba abajo*, podrás ver 10 patrones diferentes en cada una. Así que, en realidad, sólo hay ¡60 acomodos divididos entre 6 o 10 maneras distintas de colocar a los cochinitos en las casas! ¡El problema está resuelto!

—¡Qué listo, Sócrates! Pero sólo resolviste el caso sencillo en el que únicamente un cochinito está en una casa. ¿Qué te hace pensar que no viven todos en *una* casa? —dijo Jantipa mientras escupía una semilla de cereza.

—Pasar de lo simple a lo complejo es la meta de la filosofía, querida
—contestó Sócrates—. Así que ahora trataré de examinar todas las
posibilidades. Veamos cómo podrían acomodarse los tres cochinitos en
una misma casa. ¿Qué piensas de eso, queridísima esposa?

Aquí está el primer cochinito. Esta parte es como al principio.

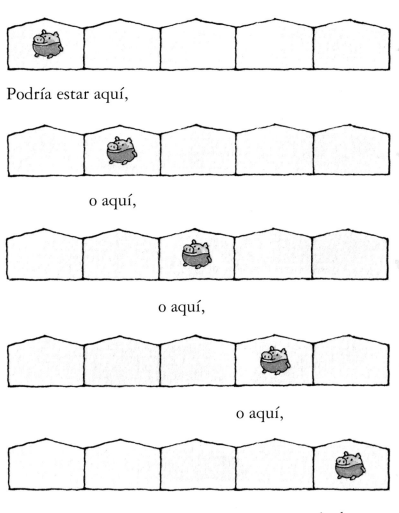

Podría estar aquí,

o aquí,

o aquí,

o aquí,

o, incluso aquí.

—Esta vez, el segundo cochinito puede estar a la derecha o a la izquierda del primero, por lo que ahora tiene 1 opción más.

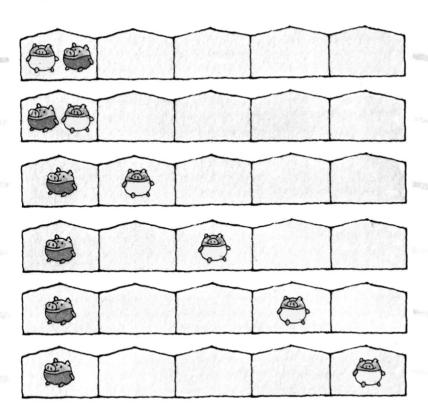

El segundo cochinito tiene 6 opciones, es decir, una más que antes.

Y el tercer cochinito tiene 7 posibles lugares donde colocarse:
¡2 opciones más que antes!

—En este ejemplo, la posición sí importa, pues 1 cochinito podría estar más cerca de la puerta que otro. ¡Entonces lo podría capturar primero! Por cada opción del primer cochinito, el segundo tiene 6 posibles lugares donde colocarse, como muestra el dibujo.

—Tendré que encontrar un gran, gran árbol para observar esto, —dijo
Pitágoras—. Cada una de las 5 ramas gruesas tiene 6 ramas delgadas
y cada una de éstas tiene 7 varas. Esto es 5 por 6 por 7. ¿Cuánto es en
total, Sócrates?

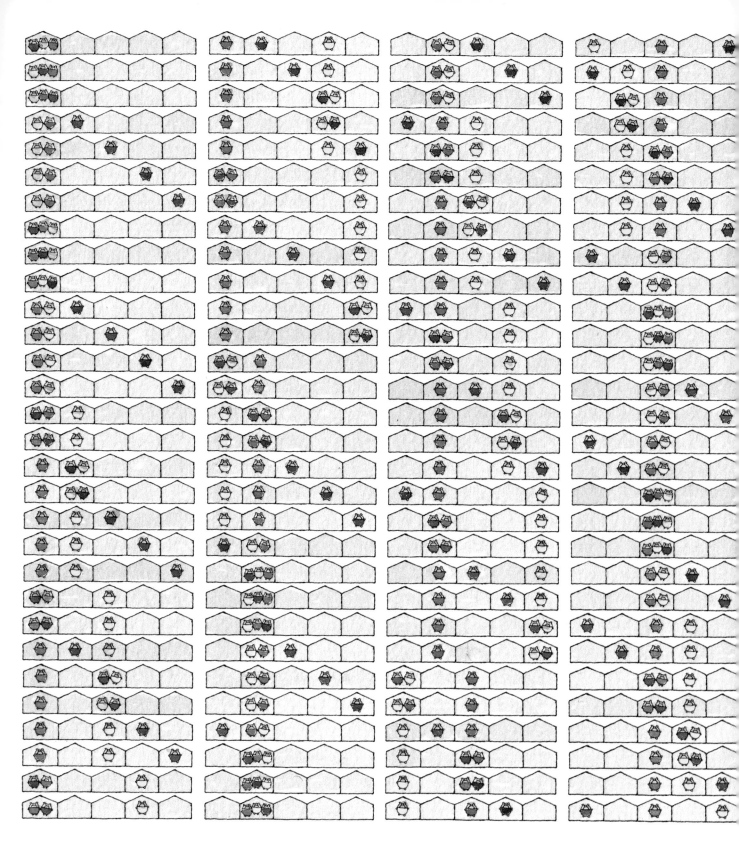

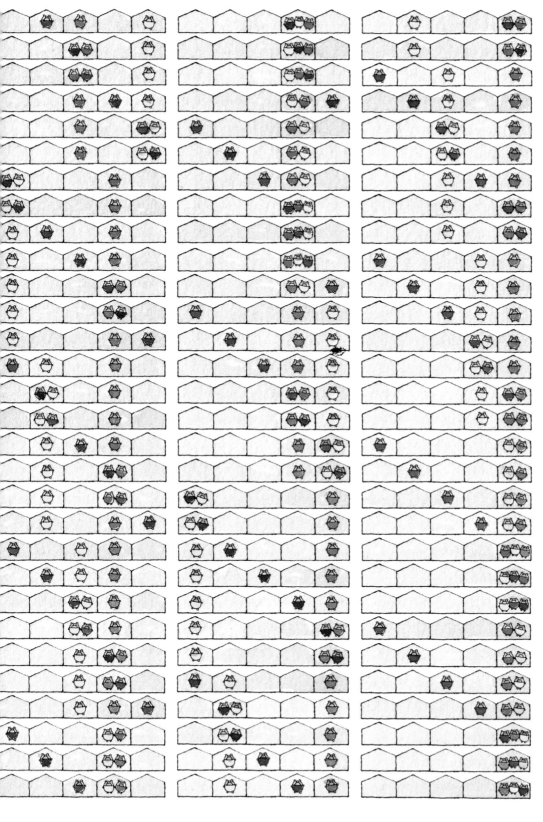

—Mmm, 210. Pero ya sabes que prefiero dibujar a todos los cochinitos para verlos en sus casas. Tus árboles son demasiado sencillos para mí. ¡Mira qué bellos son mis cochinitos!

—¡Bellos! —gritó Jantipa—. Apuesto a que también sabrosos. Apúrate y vuelve a colorearlos todos de gris, a ver si así esas lindas criaturitas son más fáciles de atrapar. Me muero de hambre.

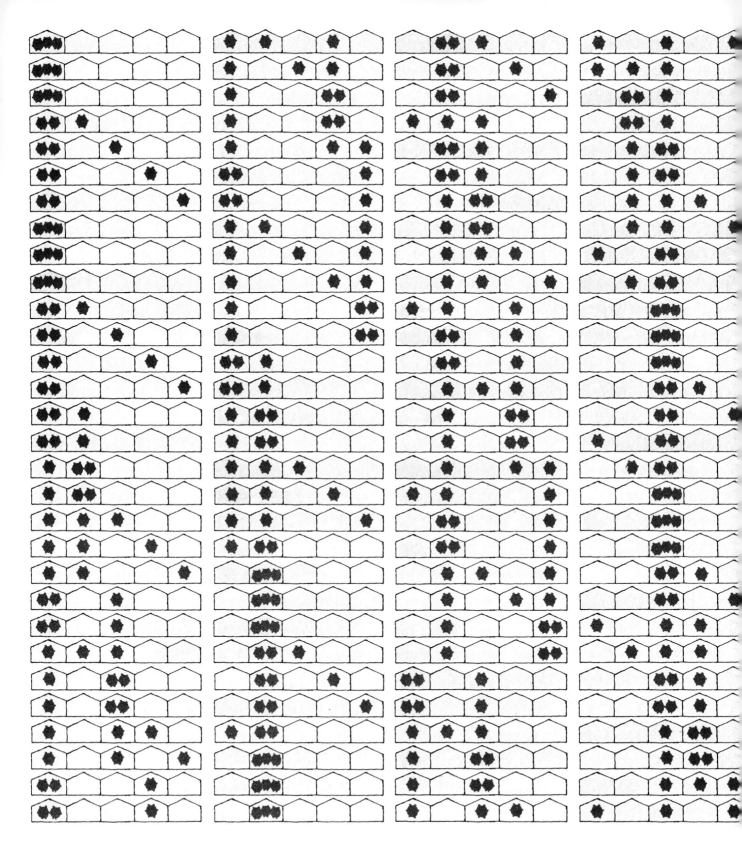

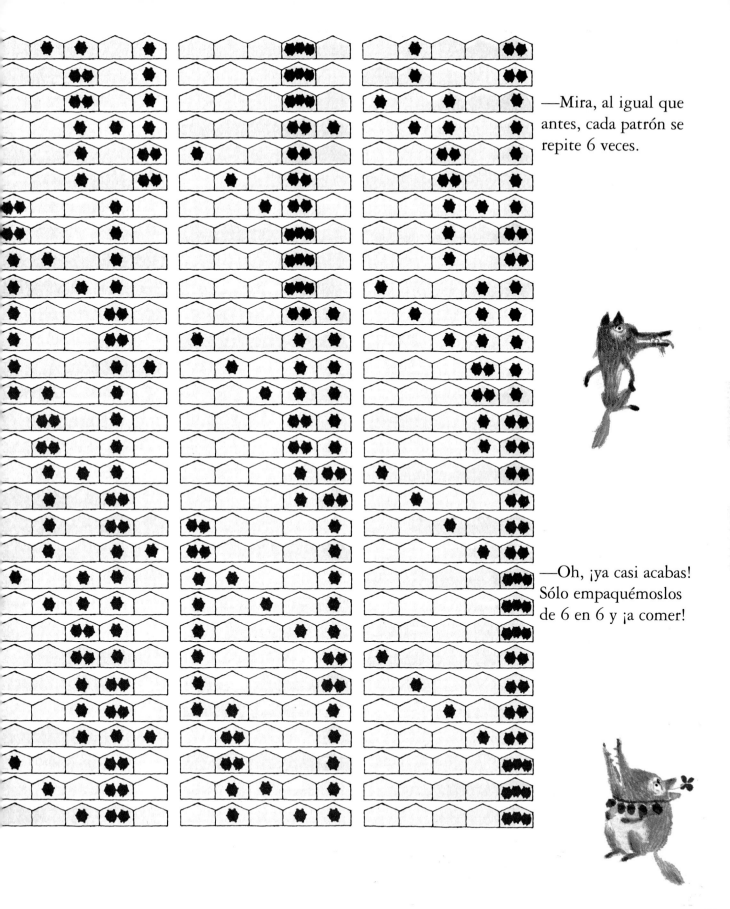

—Mira, al igual que antes, cada patrón se repite 6 veces.

—Oh, ¡ya casi acabas! Sólo empaquémoslos de 6 en 6 y ¡a comer!

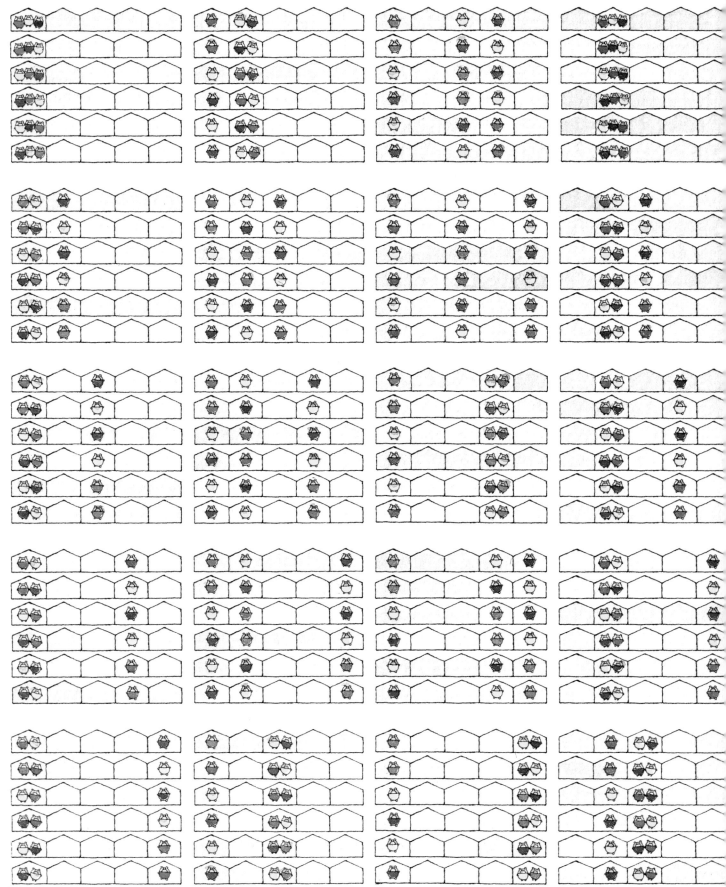

38

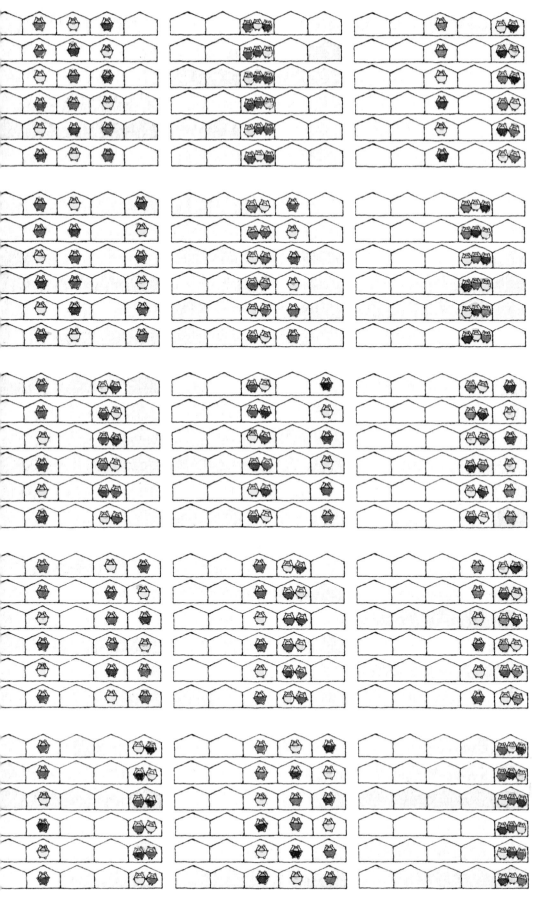

—¡Eureka! ¡Lo resolviste, Jantipa! 210 entre 6 nos da 35 maneras en las que los 3 cochinitos pueden estar acomodados en sus 5 casas.

—¡Entonces vayamos y atrapémoslos de inmediato! ¡Ay, no! ¡Es demasiado tarde! Hemos trabajado toda la noche y ya es de día. Los cochinitos ya están jugando afuera.

Sócrates, Jantipa y Pitágoras miraron hacia el verde prado. Vieron
resplandecer las flores con los primeros rayos del sol. Contemplaron cómo
los 3 cochinitos corrían y jugaban en el pasto. Era una escena plácida.

—¡Qué felices se ven! —exclamó Sócrates.

—Después de todo, creo que no deberíamos comernos a esos lindos cochinitos, ¿no crees?

—Bueno, en realidad, ya no tengo hambre —confesó Jantipa.

—Entonces vayamos a jugar con ellos y seamos amigos —agregó Sócrates.

—¡Viva! —exclamó Pitágoras—. ¡Esa es la mejor solución de todas!

Una nota para padres y maestros

Aunque este libro puede disfrutarse únicamente por la historia y las ilustraciones, ofrece mucho más de lo que se ve a simple vista ya que, en realidad es un libro sobre análisis combinatorio, permutaciones y combinaciones matemáticas. Sin embargo, tanto los dibujos sistemáticos y estrechamente relacionados entre sí, como las preguntas que proponen un reto permiten que hasta los niños pequeños exploren los fundamentos de ideas tan complejas.

La combinatoria, o el análisis combinatorio, constituye uno de los conceptos más útiles de las matemáticas modernas. De hecho, se podría decir que las matemáticas *son* el estudio de patrones y combinaciones. El análisis combinatorio es una de las bases de la programación computacional, pues simplifica las opciones y muestra no sólo *todas*, sino también las *mejores* posibilidades. Puede utilizarse en situaciones formales, como la planeación económica o bien, para elegir, por ejemplo, las mejores rutas que se pueden tomar al planear unas vacaciones que incluyan varios destinos. También muestra la probabilidad de obtener escalera de color en el póquer o las posibilidades de que Sócrates encuentre al cochinito que quiere en la primera casa que busque. (A decir verdad, en este libro se percibe que Sócrates y Pitágoras hicieron un extenso análisis sobre el tema ¡sólo *para no atrapar* a los encantadores cochinitos que la glotona Jantipa se comería!)

En un nivel más elevado, los matemáticos utilizan fórmulas apropiadas para el análisis combinatorio, pero con frecuencia no pueden explicar su significado. En este libro intentamos aclarar el significado subyacente de este análisis a través de imágenes y palabras que cualquier persona que sepa contar y hacer multiplicaciones sencillas pueda entender.

Una permutación es cualquier acomodo de los elementos de un conjunto en un *orden definitivo*. Por ejemplo, suponga que los tres cochinitos deciden encontrar todas las maneras posibles para formar grupos de dos. ¿Cuántos acomodos diferentes podrían formar?

Si identificamos a los cochinitos como A, B y C, podemos formar seis grupos de dos:

AB, AC, BA, BC, CA y CB

Observe que cada acomodo puede tener su par con otro que tiene los mismos elementos: AB con BA, AC con CA y BC con CB. Pero los miembros de cada par *no* son equivalentes. Por ejem.plo, el caso del cochinito A frente al cochinito B no es el mismo que el del cochinito B frente al cochinito A. El orden sí marca una diferencia. Por lo tanto, estamos trabajando permutaciones, y en este caso hay seis.

Sin embargo, en una combinación el orden de los objetos en el acomodo *no importa*. Por ejemplo, supongamos que los tres cochinitos se enteran del complot de Sócrates. Como son animales pensantes, al igual que el lobo, deciden crear un comité de dos cochinitos (mientras uno hace guardia) para decidir cómo resolver el problema. ¿Cuántos comités diferentes podrían formar?

En este problema, otra vez estamos haciendo acomodos de dos elementos de un conjunto de tres objetos, por lo que podemos empezar a numerar las mismas seis permutaciones. Pero, esta vez, los pares con los mismos elementos *son* equivalentes; por ejemplo, el comité del cochinito A y el cochinito B es el mismo comité que el del cochinito B y el cochinito A. Entonces, las seis permutaciones se reducen a tres pares idénticos. El orden en este tipo de acomodos no marca ninguna diferencia. Por lo tanto, estamos trabajando combinaciones, y hay tres.

Esta distinción entre permutaciones y combinaciones se introduce a lo largo del texto mediante la intervención de la malhumorada esposa de Sócrates, Jantipa, quien señala que no le importa qué cochinito se elija. Pero como Sócrates está en desacuerdo, colorea a los cochinitos de amarillo, azul y rojo para distinguirlos; es decir, está buscando permutaciones. Y cuando a petición de su esposa pinta todos los cochinitos de gris, se da cuenta de que muchos de los patrones se repiten; lo cual indica que ahora está viendo combinaciones, que son menos que las permutaciones.

Se recomienda que a medida de que los padres y los maestros analicen este libro con los niños, dibujen las permutaciones. Esta tarea debe realizarse sistemáticamente. Si los niños perdieran la pista del patrón, pueden recurrir a los dibujos del libro para retomar el camino. También habría que alentarlos a buscar los múltiples conjuntos de cada combinación que aparecen en las páginas donde los cochinitos se ven grises.

La historia de Sócrates y los tres cochinitos se puede resumir en una sencilla pregunta: ¿de cuántas maneras se pueden acomodar 3 cochinitos en 5 casas? Pero Sócrates se enfrenta a muchas dificultades antes de encontrar la respuesta, pues hay demasiada información importante que no se menciona explícitamente. ¿Importa cuál cochinito está en determinada casa (permutación o combinación)? ¿Puede haber más de 1 cochinito por casa? Si puede haber más de 1 cochinito en cada casa, ¿importa la posición de los cochinitos dentro de ella?

Al principio Sócrates explora el caso en el que más de 1 cochinito pudiera estar en una casa, pero sin fijarse en el posicionamiento de los múltiples cochinitos dentro de cada una. Sócrates distingue a los cochinitos por color. Su patrón empieza en las páginas 6 y 7 y se desarrolla por completo en las páginas 10 y 11. El primer cochinito puede estar en cualquiera de las 5 casas. Tiene 5 opciones y cada una de ellas constituye otras 5 opciones para el segundo cochinito (5×5, o 25 opciones en total). Finalmente, cada una de esas opciones le da 5 opciones más al tercer cochinito. El diagrama de árbol en la página 9 demuestra visualmente las matemáticas: 5 conjuntos de 5 conjuntos de 5 elementos cada uno, o bien $5 \times 5 \times 5$, es decir, 125 permutaciones en total.

Una vez que los niños hayan dibujado las permutaciones, quizá los padres quieran proponerles el análisis de casos semejantes; por ejemplo: ¿cuántas permutaciones hay para 3 cochinitos y 4 casas? ($4 \times 4 \times 4$ o 64). ¿Cuántas permutaciones hay para 2 cochinitos y 5 casas? (5×5 o 25).

Mientras los niños estudian las combinaciones de las páginas 12 y 13, se les debe motivar a encontrar las múltiples repeticiones de patrones particulares. Habrá 6 dibujos de cada combinación con 1 cochinito en una casa y 3 dibujos de cada combinación que contengan a 2 cochinitos en una casa. (Sin embargo, sólo hay un dibujo para cada combinación con 3 cochinitos en una casa).

Después, Sócrates estudia el caso en el que no más de 1 cochinito puede estar en una casa. Otra vez, el primer cochinito puede estar en cualquiera de las 5 casas; tiene 5 opciones. Pero ahora, cada una de las 5 opciones ofrece sólo 4 opciones (5×4 o 20 opciones en total) para el segundo cochinito, pues éste no puede estar en una casa ocupada. Y de todos estos acomodos, el tercer cochinito sólo tiene 3 opciones, pues 2 de las casas ya están ocupadas. El diagrama de árbol de la página 17 representa gráficamente las matemáticas: 5 conjuntos de 4 conjuntos de 3 elementos cada uno, o $5 \times 4 \times 3$ o 60 permutaciones.

Con los cochinitos grises de las páginas 20 y 21, los niños se darán cuenta de que hay 6 repeticiones de cada combinación. Anno muestra el porqué en las páginas 22 a 25: una combinación de 3 cochinitos puede acomodarse de 6 maneras.*

Ahora (en la página 29) Sócrates se plantea una situación más compleja: considera cómo se acomodan los cochinitos cuando 2 o más están en la misma casa. Al dibujar las posibilidades, nos damos cuenta de que el primer cochinito puede otra vez, elegir cualquier casa y que tiene, por lo tanto, 5 opciones. Para el segundo cochinito, las cosas se complican un poco: puede entrar a

---

* En las páginas 12 y 13 no todas las combinaciones se pueden acomodar de 6 maneras. Esto se debe a que Sócrates no toma en cuenta las diferentes posiciones posibles cuando 2 cochinitos o más se encuentran en la misma casa.

cualquiera de las 4 casas desocupadas o puede reunirse con el primer cochinito. Si entra en la casa ocupada, puede acomodarse a la derecha o a la izquierda del primer cochinito. Entonces tiene 2 opciones en la casa ocupada, lo que da un total de 6 opciones. Así que, hasta el momento, hay 5×6 o 30, opciones. Ahora, por cada una de estas posibilidades, el tercer cochinito tiene, de hecho, 7 opciones. Para entender esto, tenemos que estudiar 2 posibilidades: en el primer caso (página 32), hay 4 casas desocupadas y una casa con 2 cochinitos dentro. En este caso, el tercer cochinito tiene 4 opciones entre las casas desocupadas y tres en la casa ocupada, pues puede colocarse a la izquierda, a la derecha o entre los dos cochinitos que ya están ahí. Así que tenemos un total de 7 opciones. En el segundo caso (página 34), 3 de las casas están desocupadas y en 2 de ellas ya hay un cochinito. Aquí hay 3 opciones entre las casas desocupadas y 2 por *cada* casa que ya tiene un cochinito. De nuevo, un total de 7 opciones.

Una vez más el diagrama de árbol, ahora en la página 33, representa gráficamente el total: 5 conjuntos de 6 conjuntos de 7 elementos cada uno, o $5 \times 6 \times 7$, o 210 permutaciones. Como cada combinación aparece 6 veces en las páginas 38 y 39, hay $210 \div 6$ o 35 combinaciones distintas.

Es fácil ver que el estudio que hace Sócrates de este problema podría seguir indefinidamente si pensara en más y más variaciones. ¿Qué tal si cada casa tuviera, además, un ático donde esconderse? ¿Qué tal si un cochinito permaneciera siempre en la misma casa? ¿O si alguno nunca entrara en alguna de ellas?

Al trabajar con los niños pequeños no es primordial resolver todos estos problemas, sino más bien empezar a trabajar en forma sistemática para crear las distintas posibilidades. Al dibujar y analizar los diferentes acomodos los niños descubrirán los patrones e intuitivamente empezarán a desarrollar los cálculos apropiados. La repetición de experiencias hará que estos temas tengan una base concreta en el pensamiento de los niños, que al mismo tiempo dará significado y profundidad a sus estudios posteriores.

MITSUMASA ANNO es conocido en todo el mundo por sus numerosos y encantadores libros ilustrados. En 1984, recibió el Premio Hans Christian Andersen, el mayor reconocimiento que se puede obtener en el campo del libro ilustrado para niños. El señor Anno, hombre con muchos talentos e intereses, comparte con los jóvenes lectores —a través de sus libros particularmente creativos— su afición por el arte, la naturaleza, la historia, la literatura, las matemáticas, los viajes y la gente. En esta obra, que ofrece a los niños una experiencia de aprendizaje tan placentera como un juego, él espera presentarles "la gran belleza y el placer intelectual que se puede encontrar en el mundo de los números". Mitsumasa Anno nació en 1926, en Tsuwano, es egresado del Colegio de Maestros de Yamaguchi y trabajó durante un tiempo como maestro, antes de convertirse en artista. Actualmente vive en Tokio.

TUYOSI MORI es un matemático que disfruta de tener un acercamiento no ortodoxo hacia la vida y el estudio. Nació en Tokio en 1928, es egresado del Departamento de Ciencias Naturales de la Universidad de Tokio. Mientras estudiaba también se dedicó a tocar el *shamisen*, un instrumento musical japonés, y a recitar poesía clásica japonesa. Actualmente es profesor en la Universidad de Kioto, en el Departamento de Educación General. Popular entre sus alumnos y en otros lugares de Japón, es conocido por su estilo abierto y flexible para dar clases. Es un escritor prolífico, autor de más de una docena de libros, entre ellos *Math for the Lazy Person* (*Mate para los flojos*), *The Easy Way to Mathematics* (*El camino fácil hacia las matemáticas*) y *Mathematics for the Stubborn* (*Matemáticas para necios*), así como los dos tomos de *Memorandum on Mathematics* (*Memorando sobre Matemáticas*).